AF341021

VENTE AUX ENCHÈRES PUBLIQUES

DE

BIJOUX

Boucles d'oreilles, Bagues, Broches, Pendentifs

Epingles, Bourses

Montres, Médaillons, Chaînes, Sautoirs

ENRICHIS DE

BRILLANTS, PERLES ET PIERRES DE COULEUR

Couverts en argent

Appartenant à Mme* C..*

HOTEL DROUOT — SALLE N° 8

Le Lundi 11 Mai 1914

A DEUX HEURES

Me ROBERT BIGNON	M. A. REINACH
Commissaire-Priseur	Expert près la Cour d'appel de Paris
41, Rue de la Victoire	17, Rue Drouot
PARIS	PARIS

EXPOSITION PUBLIQUE :

Le Dimanche 10 Mai 1914, de 2 heures à 6 heures

IMPRIMERIE   ARTISTIQUE
C. CHAUFOUR

CONDITIONS DE LA VENTE

Elle sera faite expressément au comptant.

Les acquéreurs paieront 10 o/o en sus des enchères.

L'exposition publique mettant le public à même de se rendre compte de l'état et de la nature des objets il ne sera admis aucune réclamation une fois l'adjudication prononcée.

DÉSIGNATION

BIJOUX

1 — Jolie bague fil en platine enrichie d'un brillant solitaire.

2 — Baque marquise en or et platine pavée de trente huit brillants et de roses.

3 — Bague marquise en or et en platine sertie de trois brillants et de roses.

4 — Bague marquise carrée en or et en platine pavée de quarante brillants.

5 — Bague croisée en or et en platine ornée d'un brillant et d'un saphir, le corps serti de huit roses.

6 — Bague croisée en platine et en or ornée d'un
brillant et d'un saphir.

7 — Bague serpents en or, les têtes serties d'une
rose et d'un rubis spinelle.

8 — Bague rivière en or et en platine sertie de
cinq brillants.

9 — Bague croisée en or et en platine ornée de
deux brillants, le corps serti de six roses.

10 — Bague croisée en or et en platine sertie d'un
saphir, d'un brillant et de deux petits brillants.

11 — Bague en or et en platine ornée d'une rose
entourée de huit roses, le corps serti de deux
roses.

12 — Bague en or et en platine ornée d'un brillant et d'une perle, le corps serti de huit roses.

13 — Bague tourbillon en or et en platine ornée
d'un brillant, le corps serti de quatorze roses.

14 — Bague jonc en or sertie d'un saphir et de
deux brillants.

15 — Bague en or et en platine ornée d'une perle
entourée de huit brillants.

16 — Bague en or et en argent ornée d'une pierre
rouge et de roses.

17 — Bague en or et en argent enrichie d'une
émeraude entourée de roses.

18 — Bague de forme cœur en or et en argent
pierre rouge entourée de roses.

19 — Bague en or et en argent, rose entourage
roses.

20 — Bague en or ornée d'un rubis, d'une demi
perle et de roses.

21 — Bague en or sertie d'un petit brillant solitaire.

22 — Bague croisée en or et en platine sertie de
deux brillants de fantaisie.

23 — Bague jonc en or sertie d'un rubis.

24 — Paire de boucles d'oreilles en or et en platine ornées de deux brillants solitaires avec
petits brillants au-dessus.

25 — Paires de boucles d'oreilles en or et en platine ornées de roses entourées de roses.

26 — Paire de boucles d'oreilles en or ornées de demi perles.

27 — Paires de boucles d'oreilles ornées de coraux entourés de petits brillants.

28 — Paire de boucles d'oreilles en or ornées chacune de cinq petites perles et de roses.

29 — Paire de boucles d'oreilles en or ornées de pierres rouges et de roses.

30 — Paire de boucles d'oreilles ornées de roses.

31 — Paire le boucles d'oreilles en or ornées de saphirs, de petites perles et de roses.

32 — Paire de boucles d'oreilles ornées de turquoises, de petites perles et de roses.

33 — Paire de boucles d'oreilles en or ornées de saphirs et demi perles.

34 — Paire de boucles d'oreilles à pendants en or, formées de coraux.

35 — Pendentif en platine formé d'une couronne sertie de treize petits brillants soutenant par deux fils couteau ornés de cinq petits brillants, deux très beaux brillants solitaires.

36 — Broche-pendentif en or et en argent formé d'un ornement serti d'un saphir, de roses et de huit petits brillants soutenant un brillant poire.

37 — Broche-pendentif en platine, ornements sertis d'un saphir poire, de brillants et de roses avec cinq pendeloques sertis de brillants poires.

38 — Broche ronde en or ornée de sept petites perles.

39 — Broche ronde en or sertie d'une pierre bleue.

40 — Broche ronde en or et platine, treillage et ornement serti de roses.

41 — Broche-barrette en platine ornée de six pierres rouges et de neuf brillants.

42 — Broche ronde en or et argent ornée de neuf roses.

43 — Broche fer à cheval en or, sertie de deux
roses et de trois saphirs avec trèfle orné de
trois demi perles.

44 — Broche ronde en corail.

45 — Broche et paire de boucles d'oreilles formées
de coraux taillés en feuillages.

46 — Barrette pour coiffure en or sertie de trente
quatre petits brillants.

47 — Sautoir chaîne forçat en or sertie de dix-
huit perles fines.

48 — Sautoir formé de longs anneaux en or.

49 — Sautoir gourmette en or.

50 — Chaîne de gilet en or, ornée de quatre
perles fines.

51 — Chaîne de gilet, gourmette en or.

52 — Chaîne de gilet, gourmette en or.

53 — Petite montre de dame en or émaillé gris-
bleu ornée de roses.

54 — Montre ancienne en or à clef sertie de turquoises et de rubis.

55 — Montre de dame en or à remontoir.

56 — Montre de dame en or à remontoir.

57 — Montre de dame en or à remontoir, émaillée
bleu.

58 — Montre de dame en or à remontoir.

59 — Montre de dame en or, savonnette à remontoir.

60 — Montre d'homme en or à remontoir.

61 — Epingle de cravate lyre en or, sertie de
turquoises et d'une demi-perle.

62 — Epingle de cravate en or et en argent, étoile
au milieu d'un croissant, sertie de quatre
rubis et de roses.

63 — Epingle de cravate fer-à-cheval en or et en
argent ornée de onze saphirs et de dix roses.

64 — Epingle de cravate fer-à-cheval en or,
sertie de quatre saphirs et de trois rubis.

65 — Epingle de cravate en or, ornée d'une tête
de femme en pierre de lune et de roses.

66 — Epingle de cravate en or, pierre de lune
gravée entourée de petits rubis cabochons.

67 — Epingle de cravate ornée d'un brillant en-
touré de saphirs calibrés.

68 — Médaillon ovale en or orné de demi-perles.

69 — Médaillon rond en or, orné d'une demi-
perle entourée de demi-perles.

70 — Médaillon ovale en or serti d'une demi-
perle.

71 — Petit médaillon en or serti de deux demi-
perles.

72 — Médaillon en or.

73 — Médaille en or.

74 — Croix en corail.

75 — Trois boutons de chemise en corail taillés
en forme de rose.

76 — Huit boutons de chemise en corail taillés en forme de mouche.

77 — Paire de boutons de manchettes en corail.

78 — Paire de boutons de manchettes en or torsadé.

79 — Garniture de six boutons de chemise en or sertis de turquoises.

80 — Garniture de trois boutons de chemises en or ornés de perles.

81 — Coulant en or ajouré orné de quatre roses.

82 — Coulant de cravate en or serti de deux roses et de trois saphirs.

83 — Boucle de ceinture en or à décor de feuillage, l'armature en argent doré.

84 — Face à main en écaille, la monture en or.

85 — Porte-adresses en or.

86 — Boîte à allumettes en or serti d'une émeraude, d'un rubis et d'un brillant.

87 — Bourse en or.

88 — Bourse en or.

89 — Boîte à poudre en or, ornée d'une fleur sertie de quatre petits brillants, une émeraude et un rubis.

90 — Miniature : Tête de fillette, monture en or.

91 — Deux perles et deux demi-perles.

ARGENTERIE

92 — Blague à tabac en argent côtelé.

93 — Etui à cigarettes en argent, marqué A. J. H.

94 — Douze couverts et douze fourchettes en argent.

95 — Douze couverts entremets en argent.

RED. :

16

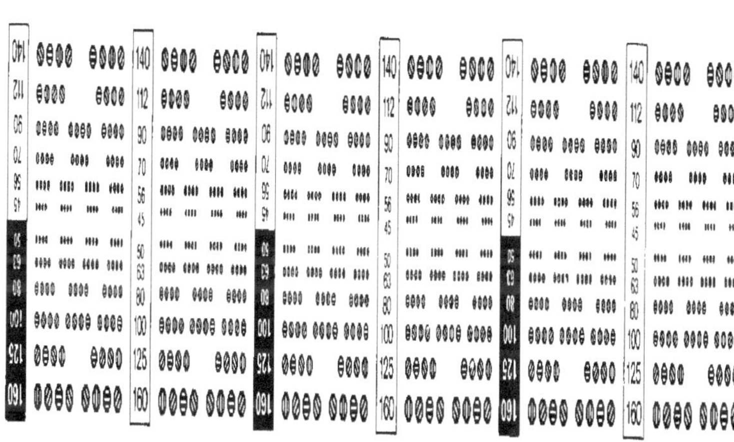

0 1 2 3 4 5 6 7 8 9 10

BIBLIOTHEQUE NATIONALE DE FRANCE

****

CHATEAU DE SABLE

1996